憤怒鳥老師

卓瑩 著

新雅文化事業有限公司
www.sunya.com.hk

目錄

人物介紹

文樂心
（小辮子）

開朗熱情，
好奇心強，
但有點粗心
大意，經常
烏龍百出。

高立民

班裏的高材生，
為人熱心、孝
順，身高是他
的致命傷。

江小柔

文靜溫柔，善解人意，
非常擅長繪畫。

胡直

籃球隊隊員，
運動健將，只
是學習成績總
是不太好。

黃子祺

為人多嘴，愛搞
怪，是讓人又愛
又恨的搗蛋鬼。

周志明

個性機靈，觀察力
強，但為人調皮，
容易闖禍。

吳慧珠（珠珠）

個性豁達單純，是
班裏的開心果，吃
是她最愛的事。

謝海詩（海獅）

聰明伶俐，愛表現自己，
是個好勝心強的小女皇。

今天很奇怪，每天一向八時正便會準時踏進教室的班主任徐老師，到現在晚了足足十分鐘還未見蹤影。

愛搗蛋的黃子祺「嘿嘿」一笑，擺出一副終於抓到老師把柄的神情說：「徐老師一定是睡過頭了。」

黃子祺的同桌周志明，撥了撥自己的頭髮，樂呵呵地笑說：「老師也

曠課？看來我們也可以回家去了！」

　　高立民看了黃子祺一眼，笑瞇瞇地說：「這個世界上除了豬，還有比你更貪睡的人嗎？」

　　黃子祺輕哼一聲：「你又沒見過我睡覺的樣子，憑什麼這麼說？」

　　「嘿，你每天都氣喘吁吁地跑回來，好像故意要跟徐老師比賽誰先進課室，可想而知你必定是個『賴牀

鬼』啦！」高立民哈哈笑道。

黃子祺臉一紅，嘴硬地說：「我是在練跑而已！」

同學聽了都「哈哈哈」地笑起來。

「徐老師一定是生病了。」吳慧珠像是很了解似的說：「她昨天上課時，臉色便已經不太好。」

「如果是真的倒也不錯，不過一天太少了，最好可以多病幾天，那麼我便有充足的時間看完我新買的漫畫書了！」周志明笑嘻嘻地說。

　　文樂心聽了他的刻薄話，生氣地教訓他：「你怎麼可以這樣詛咒徐老師，太過分了！」

就在這時，訓導處的溫主任忽然一臉嚴肅地走進來向大家宣布：「各位同學，徐老師剛才在上學途中不幸遇上車禍受傷，無法回來上課，今天的中文課改為自修課，請大家安靜地溫習吧。」

大家都被這個驚人的消息嚇住了，紛紛關心地追問：「徐老師現在怎麼樣了？她撞傷哪兒了嗎？會不會有生命危險？」

溫主任連忙安撫大家：「不用擔心，雖然徐老師是受傷了，但總算沒有大礙，只要休息一段時間便可以康

復過來。」

雖然如此，一向敬愛徐老師的江小柔還是難過得紅了眼睛，她一邊嗚咽着，一邊朝周志明坐的方向喊道：「周志明，都是你不好，一定是你剛才詛咒徐老師，老師才會出事的！」

周志明雖然頑皮，卻最怕見到女生哭，急忙為自己辯白：「我哪有？剛才說老師生病的人分明是珠珠啊！」

吳慧珠很是委屈，胖乎乎的臉龐漲紅得像個熟透的番茄，扁着嘴巴，

以快要哭出來的腔調說：「你冤枉我，我只是猜想老師可能是生病了，可沒有要詛咒她的意思啊！」

　　同學們都替珠珠感到委屈，紛紛插嘴要為她討回公道。

　　溫主任見大家吵起來，正要出言制止，身為今天的值日生兼班長的謝海詩猛地站起身來，推了推眼鏡，搬出班長的架勢說：「誰再吵我便記誰的名字。」

謝海詩一臉公正無私的樣子，倒有幾分威嚴，大家頓時安靜下來。

誰再吵我便記誰的名字。

第二章　憤怒鳥老師

也許同學們都看準徐老師正在休假沒有人會管束他們，因此上課鈴聲雖然已經響過，教室內依然嘈雜一片，今天負責當值的班長文樂心，即使喊得聲嘶力竭，還是無法制止。

正當教室陷入失控狀態時，一個高大的男子身影，悄悄地步進來。

他目光凌厲地環視了同學們一眼後，才緩緩地開口說：「我是麥老師，

從今天開始，我將會暫時出任你們的班主任，直至徐老師康復回來為止。」洪亮而帶着威嚴的

聲線，一下子震懾住所有人，原本鬧哄哄的教室霎時寂靜無聲，大家都默默地看着眼前這個陌生的臉孔，連大氣也不敢喘一下。

為什麼會這樣？因為這位麥老師的長相可真是有些怪異。

　　他長有
一對比蠟筆還要粗的倒
豎眉，鼻子比大麻鷹的嘴巴還
要尖銳，一張嘴巴大得不合比例，頭
上還戴着一頂鴨舌帽，驟眼一看，倒
像是個通緝犯的惡人模樣。

　　當他默不作聲地看着你的時候，
你會不由地全身發抖，好像自己就是
一隻被大麻鷹盯上了的小雞。

點名完畢後，麥老師問：「你們班的班長是誰？」

束着兩條小辮子的文樂心立刻舉手回答：「老師，我們班是沒有班長的，班長的職責是由值日生來兼任。今天輪到我當值，所以我是今天的班長。」

　　麥老師沉思了一會後，向文樂心說：「由於我對大家還不太熟悉，為

免引起混亂，請你繼續擔任班長，直至徐老師回來為止吧。」

大家聽了都很是驚訝，但又不敢多說什麼，直至小息的時候，大家才聚在一起議論紛紛。

周志明失望地嚷嚷：「明天本來應該由我來當班長的啊，怎麼說變就變，我可還沒有當過班長呢！」

謝海詩托了托眼鏡，同樣很感不滿地接口說：「他不過是個代課老師而已，怎麼可以隨便把徐老師定下來的規矩改掉？」

文樂心吐了吐舌頭說：「他的樣

子看起來有點可怕啊，一點笑容也沒有，好像不太喜歡我們呢！」

黃子祺忽然目光一亮，像發現了什麼新奇事似的大喊：「你們有沒有發現麥老師的樣子，跟手機遊戲程式裏的『憤怒鳥』(Angry Birds) 很相像啊？」

此語一出，大家都捧腹大笑。

不消半天工夫，「憤怒鳥」之名便已傳遍了整個校園。

第三章　最佳心意卡

這天午飯的時候，江小柔握着顏色筆，細心地繪畫着一幅玫瑰花畫。

好奇心極強的文樂心湊上前問：
「你在畫什麼？」

江小柔看着自己的傑作，滿意地
笑說：「這是我打算送給徐老師的心
意卡，漂亮嗎？」

「你的手真靈巧啊！」

文樂心羨慕不已，於是也從抽屜
裏取出一張畫紙，學着江小柔畫起心
意卡來。

當心意卡接近完成的時候，高立
民忽然把心意卡一手搶走，怪叫道：
「小辮子，你在畫妖怪嗎？」

文樂心嘟起小嘴道：「什麼妖

怪？這是馬啊，我想祝徐老師龍馬精神呢！」

高立民一邊笑，一邊把心意卡舉得高高的，轉身向着全班同學問：「你們覺得文樂心在畫什麼哦？」

「豬。」黃子祺搶着說。

胡直插嘴道：「豬怎麼會有長尾巴？分明就是牛嘛！」

周志明大搖其頭道：「不對不對，

牠頭上又沒有角，怎麼會是牛？我覺
得應該是貓。」

　　全班轟然大笑。

　　文樂心氣得漲紅了臉，伸手便想
從高立民手上取回心意卡。

她這麼一抓，剛好抓住了心意卡的一角，高立民一驚，下意識地把手縮回去。

　　「嚓」的一聲，心意卡頓時被撕成了兩半。

　　文樂心失聲尖叫：「我的心意卡呀！」

　　高立民也嚇了一跳，連忙為自己辯解道：「我不是故意的，是你自己硬要搶！」

　　文樂心很生氣：「高立民，你太過分了！」

　　忽然，講台上傳來一把低沉的聲

音：「發生什麼事了？」

　　原來午間休息時間早過了，麥老師不知何時已經站在講台上，目光冷冷地在各人臉上盤旋。

　　大家立時默不作聲，文樂心和高立民更是嚇得心驚膽跳，心虛地低下

頭不敢回話。

然而，麥老師似乎並不打算放過他們，木無表情地看了他們一眼，又再重複問一遍：「到底發生了什麼事？」

高立民看了看文樂心，心裏有些愧疚，於是硬着頭皮說：「老師，是我不小心把文樂心的心意卡撕破了。」

麥老師轉而望向文樂心：「什麼心意卡？」

文樂心怯怯地回答：「我畫了一……一張心意卡，準備送給……給徐

老師。」

　　麥老師輕歎了口氣，對文樂心說：「把心意卡給我吧。」

　　文樂心有點遲疑，但又不得不聽從老師的命令，只好一臉難過地把撕破了的心意卡交到麥老師手上。

　　麥老師原本緊皺着的眉頭有點兒放鬆，一邊從老師桌的抽屜裏取出膠紙，一邊語氣平和地説：「下星期便是測驗周了，如果你們真的想向徐老師表達一點心意，希望她能早日康復，為何不把你們的精神用在應付測驗上？你們亮麗的成績單，不就是最佳

的心意卡嗎？」

　　聽到麥老師的話，文樂心、高立民和班裏的所有同學一時間不懂反應。這時，麥老師把已經黏好了的心意卡輕輕地交到文樂心的手上。

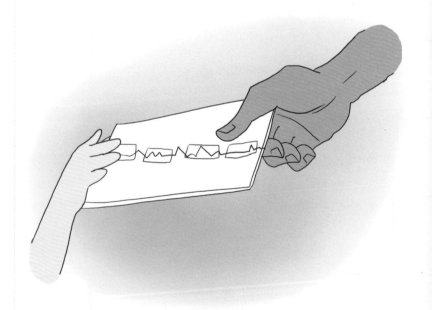

第四章 自大的惡果

今天周會的時候，羅校長向同學訓話了十多分鐘還沒有意思要結束，向來活躍好動的黃子祺開始坐不住了。

當羅校長提到同學們要早睡早起時，黃子祺便把頭側歪起來，一邊裝睡，一邊朝旁邊的周志明做鬼臉，惹得周志明掩著嘴巴偷笑。

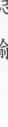

談到要多做運動，羅校長不由地伸了伸手腳，黃子祺也即時模仿起來，卻外加擠眉弄眼，兩旁的同學見狀，都忍不住「吃吃」地笑了起來。

黃子祺很是得意，正預備再做些古怪動作來逗大家時，才驚覺麥老師凌厲的目光正從遠處射過來。他吃了一驚，趕忙安安分分地坐好。

回到教室的時候，麥老師狠狠地

向大家下了這樣的一道命令：「今天午飯後，請大家留在課室內靜坐，不許玩，也不許做功課，學習一下什麼是安靜。」

　　大家都呆住了，高立民忍不住問：

麥老師，搗蛋的人不是只有黃子祺嗎？為什麼我們也得陪着他受罰？

麥老師掃視了全班一眼，道：「哪位同學自問剛才沒有跟着笑的，請舉手。」

大家你看我，我看你，誰也不敢舉手，但心裏其實都很不服氣。好不容易等到下課，大家立刻七嘴八舌地抱怨起來。

文樂心嘟着嘴巴說：「麥老師怎

麼可以如此不分是非黑白？一人犯錯
卻要全體受罰，這樣很不公平啊！」

　　就連平日溫溫婉婉的江小柔也不

禁抱怨地說：「就是嘛，只因為這樣
一件小小的錯事，就要懲罰我們全部
人，實在太嚴厲了。」

　　胡直一個勁兒地搖着頭，「馬後
炮」地說：「我第一眼看到他，便知

道他一定不會是那種很親切、很好說話的老師了！」

謝海詩怪責地瞪了黃子祺一眼：「都是你，我們被你害慘了！」

黃子祺一臉無辜地道：「其實我也沒做什麼嘛，誰知他真的像憤怒鳥一樣兇啊！」

「噓，如果被麥老師聽到，你就死定了！」文樂心連忙警告黃子祺。

他抿了抿嘴，擺出一副天不怕、地不怕的樣子說：「怕什麼？我不過是說事實而已。」

高立民見他在大吹牛皮，忍不住

「嘿」的一聲説：「好啊，既然你不怕麥老師，那就請你找他談談，為我們説一句公道話。」

黃子祺可不上當：「為什麼我要聽你的？」

高立民輕哼一聲道：「禍是你闖的，當然應該由你來收拾。」

謝海詩不屑地説：「他當然不會去了，難道他不怕麥老師把他吃掉？還説自己什麼也不怕，吹牛！」

黃子祺最受不了別人把他看扁，立時氣呼呼地衝口而出：「哼，去就去，我會怕他？」

他話音剛落，高立民立刻「耶！」的一聲起勁地拍掌歡呼道：「黃子祺答應替我們討公道呢，黃子祺萬歲！」

愛鬧的同學們都起哄地跟着拍掌：「黃子祺，加油！」

高立民得意地朝黃子祺揚了揚眉，笑得很開懷。

看着高立民那張幸災樂禍的嘴臉，黃子祺這才意識到自己被他算計了。

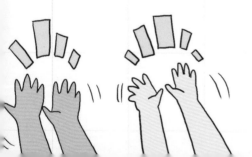

然而，在掌聲雷動下，他想反悔也來不及了，只好紅着臉朝眾人揮揮手，硬着頭皮說：「我會盡力而為的。」

 **憤怒鳥老師發怒了！**

　　對於自己一時大意，當眾答應了一個幾乎不可能的「任務」後，黃子祺一直懊惱萬分。

　　黃子祺雖然是班裏最調皮的搗蛋鬼，但他始終還是沒有膽量去挑戰麥老師的權威。

　　隔天回到學校，同學們見他什麼動靜也沒有，紛紛冷嘲熱諷地說：「膽小鬼！」

　　高立民更取笑他說：「我看你乾脆改名叫『黃小膽』算了，哈哈！」

黃子祺很是氣惱，想要做點什麼爭回面子，卻又不知可以做些什麼。

　　直到今天上中文課，當麥老師在黑板寫上「一個最難忘的人」這道作文題目時，他馬上靈機一動，終於想到一個既可以向同學交代，又能避免跟老師直接衝突的方法。

　　隔天下午，麥老師捧着一大疊作文簿走進教室，從中抽出一本作文簿，毫無表情地說：「這次的作文，當中有一篇文章我很想讀給大家聽聽。」

　　向來不苟言笑的麥老師一直木

無表情，令人猜不透他到底是喜還是怒。

心裏有鬼的黃子祺緊張得一顆心不停地「撲通撲通」地跳，喃喃自語：「這次我死定了。」

接着，麥老師打開作文簿，一字一句地朗讀起來：「最令我難忘的人，當然就是我們的代課老師。他有一雙既粗且黑的眉毛，好像是把兩根木炭貼

到額頭上去似的。
他的鼻子是個大鈎
子，可以拿來釣大
魚，加上一雙比獅
子還要兇惡的眼睛，遠
遠看過去，就跟爸爸手機遊戲程式裏
的『憤怒鳥』差不多。」

　　麥老師讀來從容不迫，黃子祺聽
在耳裏卻絕對是一字一驚心。

　　大家都很想笑又不敢笑，只好一
個個憋得臉紅耳赤。

　　麥老師讀完後，凌厲的目光再
次掃向眾人，同學們深知「憤怒鳥老

師」要發怒了，都有些膽怯地低下頭去。

最後，麥老師把目光落在黃子祺的臉上，輕描淡寫地說：「這篇文章寫得很出色，作者運用了豐富的想像力，把一位平凡不過的老師描寫得生動有趣，同學們要好好參考學習。」

麥老師把話說完後，居然還若無其事地伸手托了托自己頭上的鴨舌帽，幽默地說：「幸好我頭上戴着一頂帽子，如果讓你們看見我的髮型，也許你們會覺得我更像憤怒鳥呢！」

他這麼一說，大家便再也忍不住

「哇哈哈」地笑得東倒西歪。

　　黃子祺見麥老師不但沒有責罰他，反而稱讚他的文章寫得出色，心裏頓時既慚愧又感動。

　　下課鈴聲一響，他便第一時間跑到教員室，誠心誠意地向麥老師道歉。

麥老師一點也沒有介意，還輕撫了一下黃子祺的頭，語重心長地道：「你的寫作能力不錯，要繼續努力，不要令我失望啊！」

　　一下子，黃子祺感動得眼眶紅了，連忙點頭連聲答應道：「麥老師，我一定會努力的，一定會！」

 籃板殺手闖大禍

　　長得高大的胡直一向最喜歡打籃球，而他的球技也的確是全班最出色的，每次代表班裏出賽都能取得佳績，大家為他起了一個雅號，叫做「籃板殺手」。

　　每次見到操場上的籃球架，胡直都蠢蠢欲動，很想跟高立民等志同道合的朋友打上一場友誼賽，無奈學校的籃球全部都被體育老師鎖在雜物房內，只有在體育課的時候才能碰得到。

　　這天午飯後，胡直和高立民如常

地來到操場嬉戲。

　　午後的操場被太陽曬得熱烘烘的，但各年級的同學仍然興致勃勃地聚在一塊兒或跑或跳或聊天，好不熱鬧。

　　好動的胡直當然也不例外，不停跟高立民你追我逐地玩耍。

　　當他們開心地說着笑着的同時，眼尖的胡直忽然「咦」的一聲，走到操場旁邊的一根柱子後彎腰拾起了一個籃球。

　　「這兒怎麼會有籃球的？」胡直驚喜地喊。

高立民猜度着説：「一定是剛才上體育課的同學不小心留下來的。」

　　捧着籃球在手的胡直，很自然地將籃球往地上用力一拍，興奮地説：

來追我啊！

　　較為理智的高立民有點遲疑地
說：「沒有老師的准許，我們不可以
在操場上打籃球的啊！」

　　胡直往四周張望了一下，不以為
意地聳聳肩，說：「沒關係啦，這兒
又沒什麼人，況且我也只是想玩一下
而已，最多我答應你只玩一陣子，待

會兒便把籃球還給
老師，好不好？」

　　同樣熱愛籃球的
高立民其實早已有些
心癢癢的了，再經胡直
一番慫恿，於是也就不顧一
切地撲了上前，跟胡直你追我逐地打
起籃球來。

　　他們玩得很投入，不知不覺間來
　　　　　　到了人羣最多的位置。

拍着籃球的胡直為了避開要搶球
的高立民，忽然來一個急轉身。

　　恰巧這時有兩位低年級的小女生
經過，被高大的胡直撞了個正着，兩

個小女生站不住腳，同時跌倒在地上，痛得哇哇大哭。

小女生們的哭聲驚動了負責巡邏的風紀學長們。

糟糕，怎麼辦！

胡直和高立民見自己闖了大禍，都嚇得呆立當場，臉色蒼白一片。

麥老師聞訊趕來，嚴厲地斥責他們道：「誰讓你們在操場上打籃球的？難道你們不知道這樣會很危險的嗎？」

　　他們倆都害怕得低垂着頭，不敢看麥老師一眼，心裏想：慘了，這次必定會被「憤怒鳥老師」吃掉！

第七章 好兄弟

　　胡直和高立民未經老師許可便在操場上打籃球，結果不小心把兩位低年級的小女生撞傷了，幸而她們都只是手腳有幾處擦傷，沒有什麼大礙。

　　麥老師把他們帶到教員室，問：「你們為什麼在操場上打籃球？」

　　胡直雖然很害怕，但性格率直的他還是決定向老師坦白：「麥老師，對不起，剛才我發現操場上有一個籃球，一時心動便打起球來，沒想到會撞傷別人。」

麥老師不置可否，又把目光轉到高立民身上：「聽說你是班裏的模範生，你總該知道學生是不可以擅自在操場上打球的，為什麼還要明知故犯？」

「對不起，麥老師，我知錯了。」高立民慚愧得滿臉通紅。

麥老師坐直身子，正要開口說什麼，身旁的胡直卻搶先說：「其實高立民曾經提醒過我的，可是我不但沒有聽他的話，反而硬拉着他玩，是我的錯。」

高立民見胡直把所有罪名都扛上

身，心裏既感動又內疚，於是也趕忙
向麥老師解釋說：「不，麥老師，籃
球是我自己要打的，跟胡直無關。」

胡直又修正道：「如果不是我慫
恿他，他一定不會打球的。」

「打籃球是很
好的活動，我也喜
歡打籃球，但是

必須在適當的時間和地點才能進行啊！」麥老師一邊說，一邊瞪着二人，木無表情的臉上卻漸漸多了一份欣賞，點點頭說：「既然你們是有福同享、有難同當的好兄弟，那麼麻煩你們今天放學後也通力合作，把操場和教室好好打掃一下。」

放學後，當他們拿着掃把在操場上打掃時，黃子祺和周志明剛好路過，黃子祺「嘻嘻」地取笑道：「籃板殺手怎麼不拿籃球反而拿掃把了啊？」

　　周志明配合地笑着接腔：「因為

他最擅長的其實不是打籃球，而是打人啊！」

胡直立時漲紅了臉，不知該如何反駁。

高立民見二人一唱一和地故意令胡直難堪，很是生氣，立刻跑上前去，將掃把遞到黃子祺面前說：「對啊，我們不但籃球打得好，打掃也很在行，你要是不服氣，我可以告訴麥老師你很有欺負同學的本領，讓你也來打掃一下試試，好嗎？」

黃子祺吃了一驚，連忙笑着打圓場：「我只是開個玩笑而已，別這麼認真嘛！」

看着黃子祺和周志明落荒而逃的背影，胡直忍不住笑了出來，回頭對高立民感激地説：「謝謝你。」

高立民「嘿嘿」一笑：「客氣什麼，我們是好兄弟嘛！」

第八章 摘帽之約

這天早會，麥老師向大家宣布：「為鼓勵大家多做運動，羅校長決定由今天開始，在午間休息時段開放最新啟用的室內運動場給大家使用。以後大家想要打籃球、羽毛球等球類活動，都可以在那兒玩個痛快了。」

「哇，太好了！」胡直最是驚喜，深知必定是麥老師特意為他們向校長爭取的。

他心念一動，便立即站起身說：「謝謝您，麥老師。」

麥老師望了他一眼，意味深長地一笑說：「場地可並非專門為你們班而設的，所有同學都可以去，但由於場地有限，你們想玩便要以先到先得的方式預訂。」

高立民想起麥老師也喜歡打籃球，於是興高采烈地接着問：「老師，今天下午你有空嗎？不如你也來跟我們一起打籃球，好嗎？」

麥老師無所謂地聳聳肩道：「好呀，沒問題。」

高立民沒想到麥老師會一口答應，一時間大家對於午飯後的師生籃球賽都充滿着熱切的期盼。

　　麥老師的球技果然不同凡響，雖然是以一敵眾，但仍然攻守自如，一下場便控制了整個球場的氣氛，入球的速度既快且狠，大家一下子都被激出鬥志來，拼盡全力地想要從老師手上奪取籃球。

　　麥老師微笑着望了眾人一眼，然後暗中把腳步放慢一點。

慢-

唰———

胡直很快便發現了空隙，連忙敏捷地把籃球搶到手，然後再來一個急轉身，終於順利把籃球準確地投進籃板上去，大家都興奮得歡呼起來。

麥老師呵呵笑道：「居然能從我手上搶到球，籃板殺手果然不簡單啊！」

胡直被麥老師誇得臉都紅了。

黃子祺見麥老師的心情看來不錯，便趁機問了一個悶在心裏很久的問題：「老師，為什麼你一直都戴着帽子，連打球也不脫下來呢？」

麥老師淡淡地說：「不脫也沒什

麼關係啊！」

「你可不可以脫下鴨舌帽讓我們看一下啊？」黃子祺又問。

「為什麼？」

黃子祺笑嘻嘻地回答：「因為我很好奇你的髮型是不是真的像憤怒鳥一樣啊！」

大家見他竟然毫不忌諱地直接說出來，都不禁大吃一驚，擔心他又要惹麥老師生氣。

幸而麥老師只是瞪了他一眼，問：「為什麼這麼想知道？」

「因為沒見過嘛！老師從來都

沒有把帽子脫下來，我們真的很好奇啊！」黃子祺嬉皮笑臉地說。

麥老師別過頭問其他人：「你們真的這麼想看嗎？」

大家猜不透老師的心意，都不敢貿然答話。

麥老師環視
了眾人一眼，像
決定了什麼地點點頭，
道：「好吧，如果大家真的這麼好奇
的話，那就請你們好好加把勁。假如
你們能在下周的中文科測驗中全班平
均成績取得九十分，我便摘下帽子讓
大家看個夠，如何？」

「好，一言為定！」黃子祺首先舉手贊成，他的好友周志明也趕忙舉手附和。

其他同學看了看麥老師，見麥老師不像要生氣的樣子，於是也跟着鬧起來，大聲嚷道：「為了能一睹麥老師頭上的風采，同學們，我們要加油啊！」

🐵 第九章　永遠的謎團

　　黃子祺連做夢也沒想過，麥老師居然會主動跟他們定下摘帽之約。

　　為了要見識麥老師帽子下的真相，不能輸的想法迅即在班上沸騰起來。

　　往後的好幾天，無論小息還是午間休息大家都捧着中文課本拚命地讀着，恨不得三兩口把整本書全部吞進肚子裏去。

中文科向來最弱的胡直，端着苦瓜臉説：「唉，無論我怎麼讀都不可能拿到九十分吧？」

高立民連忙鼓勵他道：「千萬不要氣餒啊，如果有什麼不明白的地方，儘管問我好了！」

文樂心也很沒自信地唉聲歎氣：「我很笨的，常常被老師批評字體寫得不夠工整，即使所有題目都答對也休想拿到

滿分呢！」

　　黃子祺聽了，
立時比她的媽媽
還要緊張：「哎呀，
不行，你無論如何都要
拿到九十分以上啊！」

　　「黃子祺，你不要給她太大壓力
啦！」江小柔忍不住幫腔道：
「心心，你別擔心，
其實你一點也不
笨，你只是練習
不足而已，我來
幫你。」

　　做事向來仔細謹慎的小柔立刻從抽屜裏取出一本寫字簿，當起文樂心的小老師。

　　連高立民也熱心地拍拍胸膛說：「小辮子，你有什麼不明白，儘管找我吧！」

　　一時間，班上的學習氣氛是前所未有的濃厚。

　　測驗的那一天，當大家聚精會神地在做考卷的時候，一隻小鳥不知從

哪兒飛了進來。

　　牠似乎急着要找
出路，不停地拍動
翅膀，在同學們
的頭頂「啪啪
啪」地飛來
飛去。

忽然間，江小柔、文樂心和高立民同時「呀」地驚叫一聲。

坐在講台上監考的麥老師立刻跑過來了解，發現原來小鳥分別在他們

三人的考卷上撒下了一坨糞便。

雖然正在測驗，但同學都禁不住哈哈大笑起來。

黃子祺取笑他們道：

江小柔聽了嚇得哇哇大叫，只用兩根指頭輕輕夾着考卷，不知該把它丟掉還是留着。

雖然麥老師很迅速地替他們把糞便處理掉，但如此擾攘一番後，大家做考卷的心情頓時大打折扣。

結果可想而知，他們只拿到平均八十五分的成績，無法達到跟麥老師約定的標準。

大家都失望極了。

黃子祺很不服氣地握着拳頭，抱怨地喊：「都是那隻小鳥惹的禍！」

高立民也歎了口氣，一臉惋惜地道：「看來，麥老師鴨舌帽下的真相，將永遠是一個謎團了。」

第十章 天使不漂亮

這天午飯後，文樂心、江小柔和吳慧珠三人聚在操場一角聊天。

江小柔忽然從校服裙袋裏掏出一條水晶項鏈，滿心歡喜地說：「噔噔，你們看！」

這條水晶項

鏈非常精美，鏈上掛着一個鮮紅色的心形水晶吊墜，閃耀奪目。

吳慧珠睜大了眼睛，一臉羨慕地喊：「哇，很漂亮啊！」

文樂心驚訝地問：「你從哪兒得到這麼漂亮的項鏈喔？」

「這次測驗我有四科滿分，這是媽媽獎給我的禮物呢！」江小柔「嘻嘻」地笑着說。

提到成績，文樂心頓時臉色一暗：「你真厲害！這次我的成績退步了，媽媽送我的禮物就是一大堆補充練習呢！」

「媽媽看到我的考卷，也氣得幾乎不肯在上面簽名呢！」吳慧珠吐了吐舌頭道。

江小柔正想說些什麼來安慰她們，忽然聽到身旁的草叢間傳來一陣「嗦嗦」聲。

「噓，這是什麼聲音？」小柔疑惑地問。

文樂心和吳慧珠對望了一眼，搖搖頭說：「我們沒聽到什麼聲音啊！」

　　小柔以為自己聽錯了，於是不以為意地繼續跟她們聊天，可是說着說着，她感到草叢裏好像有些東西在動。

　　她猛然回頭一看，只見一條舌頭
長長、全身長滿棕色斑紋的大蟒蛇正
從草叢中慢慢地爬出來。

　　小柔嚇得連話
也不會說了，只懂
用手指着大蟒蛇，
結結巴巴地道：「你
……你們看……看

……」

「看什麼哦？」

文樂心和吳慧珠好奇地湊前一看，也嚇得臉色大變，立刻往後急退了好幾步，異口同聲地尖叫：「小柔，是蛇呀，快逃啊！」

「小柔，是蛇呀，快逃啊！

小柔也很想立刻拔腿就跑，但大蟒蛇跟她相距太近，她生怕自己一動，大蟒蛇便會撲上來，只好不知所

措地站在原地，嚇得不敢作聲。

逃到一旁的文樂心和吳慧珠則拼命大喊：「救命呀，有蛇呀！」

正在操場上玩耍的同學們聽到了，頓時亂成一團，紛紛恐慌地東張西望，大聲地嚷着：「蛇在哪兒？在哪兒？」

這時，大蟒蛇已經慢慢地展開身體，向着小柔的方向蠕動過去。

小柔害怕得全身發抖，想不顧一切地逃跑，但一雙腿早已抖得發軟，根本就跑不動了。

文樂心和吳慧珠很替她着急，可

是又愛莫能助。

「救命呀！」小柔忍不住驚叫。

就在她以為自己必定會被大蟒蛇
吞掉的時候，她感到有一雙強而有力
的手把她整個身子抱了起來。

她覺得自己好像會飛似的，「咻」的一聲在空中急轉了一個圈後才再落回地面。

在空中飛翔的一剎那，她心裏暗想：「難道是漂亮的天使從天上飛下來救我？」

接着，真的有一把像是天使般溫柔的聲音問：「江小柔，你沒事吧？」

待她站定了身子，回過神來一看，才發現原來救她一命的人並不是漂亮的天使，而是長有一張兇惡臉孔的麥老師。

第十一章　勇猛的憤怒鳥

　　那條不請自來的大蟒蛇，見到江
小柔忽然像小鳥般「飛」走，似乎受
到了驚嚇，轉而向通往教室的方向爬
去，把站在附近的同學都嚇得四散奔
逃。

　　當大蟒蛇來到通往教室和學校大
門的路口時，牠忽然停了下來，把正
欲逃離現場的學生全都堵住了。

麥老師見情況危急，立刻以洪亮的聲線指示正在奔跑的學生們：「請大家保持冷靜，在不驚擾大蟒蛇的情況下，請你們一個跟着一個慢慢地走到我這邊來。」

有麥老師在場指揮，

同學心裏都踏實了許多，
連忙聽從老師的吩咐，小
心翼翼地往回走。剛才
被麥老師救了一命的江
小柔也立刻跟文樂心等
人會合，站在人羣之
中。

當操場上
的學生全部
都來到麥老

師身邊後，麥老師不慌不忙地從樹叢間折了一根樹枝作武器，然後排眾而出，跟停在路口的大蟒蛇對峙。

小柔吃驚地說：「麥老師這樣很危險啊！」

　　「噢，麥老師真的很勇敢呢！」文樂心也看得膽戰心驚。

　　有麥老師一馬當先地站在他們前頭，小柔的心安定得多，但又不免替老師擔心：

「那條大蟒蛇該不會真的撲過來吧？」

　　文樂心安慰她道：「我們跟蛇距離這麼

遠，沒事的。」

　　高立民不知何時來到她們身旁，危言聳聽地說：「這可說不定啊！大蟒蛇雖然沒有腿，但是牠比誰都爬得快，只要是牠想吃的，你們誰也跑不掉！」

　　膽小的江小柔一張小臉即時變得很蒼白，生氣地罵道：「你真可惡，

總愛這樣子嚇人！」

高立民聳了聳肩說：「誰要嚇你？我只是說出實情而已。」

同學們看見麥老師為了保護大家，竟然奮不顧身地站了出去，心裏

都是既感激又佩服。

這時，其他老師也聞風而至，但由於唯一的通道被大蟒蛇封住了，他們也幫不了什麼忙，只能站在遠處安撫大家道：「大家不用怕，我們已經打電話報案了，只要你們別亂動，警察很快便會來替我們把蛇抓走。」

幸而事件並沒有擾攘太久，不一會兒，數名警員帶着一位漁農署的捉蛇專家來到學校，很快便把那條大蟒

蛇一手抓住了。

　　大家看着警車開走後，才安心地
舒了一口氣。

 第十二章 英雄要走了

　　這天周會的時候，羅校長站在講台上，神色凝重地說：「相信大家都知道，昨天中午，我們學校發生了一件非常驚險的事件。」

在座的同學都心裏有數，羅校長提到的事件當然就是指大蟒蛇誤闖校園的事情。

羅校長續說：「不過非常幸運，事件很快便平息下來，我們只是虛驚了一場。大家都能平安無事是我最大的安慰。而在這次事件當中，我們最要感激的人就是我們的代課老師——麥老師。麥老師甘願冒着生命危險，英勇地保護各位同學，這種捨己為人的精神是很值得我們敬佩的。」

大家聽了

都深受感動，紛紛報以熱烈的掌聲。

羅校長話鋒一轉，忽然語帶惋惜地接着説：「不過，由於麥老師只是代課老師，所以他於本周五完成最後一節課堂後便要離開我們了。」

「哦！」

台下頓時靜了下來。

　　雖然大家都知道麥老師是代課老師，但當離別真的放在眼前的時候，心裏還是不免感到不捨，特別是被麥老師救了一命的江小柔。

　　回到教室後，江小柔主動向同學們提議：「麥老師既然是我們的班主

任，不如我們為他辦一個歡送會，好嗎？」

「贊成！」同學們齊聲響應。

高立民眨了眨眼睛，鬼靈精地笑說：「我們得秘密進行，不可以讓麥老師知道啊！」

文樂心接口道：「我們還要送他一份神秘禮物。」

　　「送什麼禮物好呢？」江小柔問。

　　黃子祺開玩笑地說：「當然是憤怒鳥布娃娃啦！」

　　文樂心白了他一眼：

「你還敢說？都是你，給麥老師起了一個這麼難聽的綽號。」

黃子祺厚着臉皮為自己辯解：「這樣才夠特別嘛，他一定忘不了我們。」

文樂心聽到他的話後，伶俐的大眼睛忽地一轉，想到了一個好主意。

隔天，文樂心帶了一包顏色繽紛的手工紙條回來，跟全班同學說：「不如，我們送麥老師一瓶幸運星作為禮物，好嗎？」

謝海詩立刻「噓」一聲笑道：「這有什麼特別？我到文具店花數十元便能買得到啦！」

「當然不是這麼簡單啦！」文樂

心撓了撓自己那雙小辮子，得意地道：「我們可以將自己想要跟麥老師說的話預先寫在手工紙條背後，才把紙條摺成一顆顆漂亮的幸運星，放進瓶子裏去。這樣不是很有意思嗎？」

「好啊！」江小柔第一個拍掌贊成：「當麥老師看到我們的留言，一定會很驚喜

的。」

高立民也點點頭說：「嗯，這樣的話，他便一定會記得我們！」

當同學們一致同意後，文樂心便把手工紙條分派給各人，然後各自埋首寫下想要跟麥老師說的話。

江小柔首先提起筆，匆匆在紙條上寫起來：

您擁有一顆比天使更善良的心，感謝您。

不擅長寫作的胡直只在
紙條上簡單地寫道：

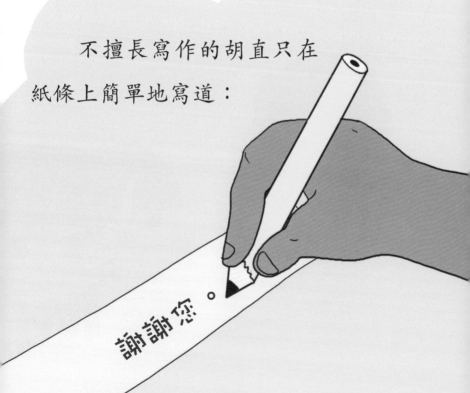

謝謝您。

文樂心托着頭想了很久才寫道：「全賴有您，讓我體會到寬容和勇敢。」

馬屁精！

高立民看了她的紙條一眼，取笑道：「馬屁精！」

文樂心連忙用手掩住紙條，不客氣地回他一句：「要你管！」

要你管！

周志明盯着天花板老半天，苦惱地說：「可以寫什麼啊？」

他回頭見同桌的黃子祺在手工紙條上揮筆疾書，於是悄悄地湊了過去，把黃子祺的留言朗讀出來：「謝

謝您欣賞我的寫作能力，我會繼續努力，不會讓你失望的。」

「哎喲，好肉麻啊，我全身都起雞皮疙瘩了！」周志明怪叫着說。

「誰讓你偷看的？」黃子祺老羞成怒，朝他揚手作追打狀。

「救命呀！」周志明嘻笑着逃開去。

麥老師，
我們捨不得你

第十四章　送別會中的大食會

　　這個星期過得特別快，不知不覺
便到了星期五的最後一節課。

　　當麥老師如常地

來到教室的時候，他驚訝地發現

教室裏的桌椅竟全部被移到一旁

去了。

　　一張張桌子並排在一起，桌上放

着一大堆美食和飲料，黑板上還有一

行用彩色粉筆繪成的大字：「麥老師，

我們捨不得您！」

麥老師木無表情地說：「原來你們今天打算躲懶不上課哦？」

眾人見到麥老師這個表情都不免有些害怕，怯怯的不敢回話，只有黃子祺仍然笑嘻嘻地陪笑說：「麥老師，這是我們送給您的小小心意，請您不要跟我們計較嘛！」

麥老師沉默不語。

文樂心見麥老師不像要生氣的樣子，於是趕緊把一件三文治捧到他的面前，緊接着說：「為了今天，我們花了很多時間預備的，老師無論如何都要試試看啊！」

「麥老師，我媽媽是烹飪導師，這三文治是她親手做的，味道很好，您一定要嘗嘗看啊！」江小柔在旁邊催促。

麥老師吃了一驚：「江小柔，怎麼你竟然還驚動了媽媽哦？」

「因為麥老師救了我，所以媽媽說，無論如何都要親手為老師做一些美味的食物，好好答

謝您。」江小柔解釋道。

麥老師聽得有些動容了，終於從文樂心手上接過三文治，放進嘴裏嘗了一口，微微一笑說：「謝謝江媽媽，也謝謝大家。」

同學都歡呼起來，也不待老師准許，便紛紛取起桌上的食物毫不客氣

地大吃起來。

　　麥老師看着他們狼吞虎嚥的樣子，不禁搖頭苦笑：「看來我是上當了，歡送老師不過是個藉口，想開大食會才是真的吧？」

　　「呵呵，老師您別誤會，我們還有更精彩的節目在後頭呢！」高立民

一邊咬着魚蛋一邊說。

　　不一會兒，身為臨時班長的文樂心代表全班同學把一個盛滿幸運星的玻璃瓶送到麥老師面前，說：「這些幸運星全部都是我們親手摺的，每一顆星星裏面都藏着我們的心底話，麥老師一定要一顆一顆看清楚啊！」

　　這一回，麥老師真的被感動了，一雙眼睛變得紅通通的，再也凌厲不

起來，只一個勁兒地點
頭：「謝謝大家，我
一定會一顆一顆打開
來看的，一定會。」
　　黃子祺從人叢
中鑽出來，搶着道：
「老師，別人的不看
沒關係，但是我寫的那
一張你一定要看啊！」

123

謝海詩「味」的一聲取笑道：「笨蛋！手工紙條只有五種顏色，而且還被摺成了小星星，瓶子裏這麼多星星，誰知道哪一顆星星才是你的？」

　　黃子祺拍了拍額頭，為自己的失誤而懊惱地說：「哎呀，我忘了在星星上打記號呢！」

大家看着他滑稽的表情，都忍不住哈哈大笑。

第十五章　英勇的印記

　　離別的時刻終於要來臨了，大家都依依不捨地朝麥老師揮手致意。

　　就在這個時候，麥老師忽然神秘地一笑說：「你們不是一直都很想知道鴨舌帽下的我到底是怎麼樣的嗎？

既然臨別在即，我就姑且破例一次，讓大家開開眼界吧。」

同學迅即從傷感的情緒中跳出來，所有人都目光一致地朝老師的頭部看過去。

麥老師隨即舉起手，把頭上的鴨舌帽緩緩地脫了下來。

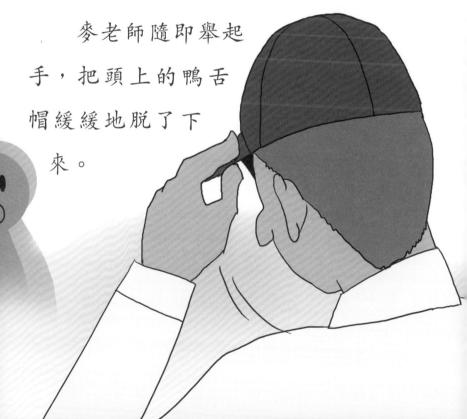

「噢！」

　　當他們看到麥

老師的真面目時，都驚訝得張大了嘴

巴，一時間無法把視線從他的頭部移

開。

　　原來麥老師的頭部左邊額角上方

有一道大約四厘米的傷疤，而且傷疤

附近的頭皮都長不出頭髮來，令傷疤

看起來更明顯。

同學們一下子都寂靜無聲，心裏都為他感到心疼。

麥老師倒是神色自若，撫了撫傷疤呵呵一笑說：「我想大家心裏一定很好奇，我這個傷疤到底是怎麼弄來的，對吧？」

他語氣一頓，才輕描淡寫地接着說下去：「在我剛當老師的時候，

有一次，帶着學生們到郊外遠足，在上山的途中，有一位學生忽然摔了一跤，眼看快要從山坡上滾下去了，我連忙跑過去救他，卻不小心摔破了頭，留下了這個印記。很醜吧，對不對？」

大家靜默了兩秒鐘後，高立民率先拍手叫道：「當然不會，老師帥氣極了！」

「對，沒有人比老師更帥了！」黃子祺和胡直也異口同聲地答。

大家都拍掌附和。

雖然真相一點也不有趣，不過，在知道了麥老師這件救人事跡後，大家對麥老師又多了一份敬意，於是也就更捨不得他了。

江小柔紅着眼睛說：「麥老師，您一定要回來探望我們啊！」

麥老師笑着朝大家揮手：「放心，我們一定會有再見的一天。」

第十六章 再見的那一天

　　這天早上，大家都回來得特別早，就連經常愛遲到的黃子祺也一大早便老老實實地坐在座位上等待着。

　　他們都在等誰呢？當然就是徐老

師啦！

當拄着拐杖的徐老師一拐一拐地步進教室的時候，全體同學立時熱烈鼓掌：「歡迎徐老師歸來！」

徐老師欣慰地笑問：

「當然沒有。」大家都搶着回答。

徐老師回來後，一切又回復到從前的樣子，大家又再活蹦亂跳的每天都過得很快樂。

然而，在他們心底裏，始終牽掛着離開了的麥老師。

江小柔有些傷感地道：「如果麥老師可以留下來繼續當我們的老師，那就好了。」

文樂心雖然也有同感，但是她倒是挺樂觀：「放心，我有預感，我們還會有機會跟他相見的。」

「但願如此吧！」江小柔仍然有點傷感地說。

一個月後的某一天，當大家都安坐在禮堂內，聽着羅校長興高采烈地為大家介紹一位新來的課外活動組導師時，一張跟憤怒鳥幾乎一模一樣的臉孔忽然出現在大家眼前。

本來昏昏欲睡的同學立時精神一振。

江小柔第一個驚喜地喊：「是麥老師啊！」

大家都欣喜若狂，顧不得羅校長在場便脫口歡呼起來：「麥老師！」

麥老師！

麥老師的受歡迎程度幾乎就和明星偶像一樣。

　　受到熱烈歡迎的麥老師臉上的表情雖然仍是一貫的冷漠，然而，他再也無法像從前那樣無動於衷了。

　　他朝台下的同學們揮了揮手，微

麥老師！

麥老師！

笑着說：「大家好，我是麥老師，很高興可以再次見到大家。」

　回到教室後，大家仍然興奮莫名。

　「太好了，以後我們便可以經常見到麥老師了。」江小柔欣喜地說。

　高立民笑嘻嘻地接口道：「太好了，自從他走了以後，我就一直後悔沒有送他一頂憤怒鳥鴨舌帽當禮物呢！」

　「大家聽到沒有？」黃子祺惟恐天下不亂地在旁嚷嚷：「高立民說要

送一頂憤怒鳥鴨舌帽給麥老師呢！」

高立民很清楚記得當日麥老師剛來的時候，黃子祺就是因為上了他的當，在無可奈何下才作了一篇令黃子祺一直悔恨不已的文章，如今黃子祺分明就是想趁機向高立民報復。

不過，機靈的高立民當然不會上當。

高立民理直氣壯地説：「在麥老師離開前，我的確曾經想過要送他一頂帽子作為留念，但如今既然他已經回來了，那就不必送了啦！」

黃子祺見他不上當，只好無奈地朝他做了個鬼臉：「哼，算你運氣好！」

　　高立民得意地一揚眉，嘖嘖有聲地道：「這可不是運氣好不好的問題，是智商的問題呢，呵呵！」

黃子祺氣極了，握着拳頭，擺出一副兇狠的樣子道：「高立民，你欠揍嗎？」

高立民深知不妙，趕忙跳起身，嘻嘻哈哈地跑遠了。

鬥嘴一班 3
憤怒鳥老師

作　　者：卓瑩
插　　圖：Chiki Wong
責任編輯：劉慧燕
美術設計：李成宇
出　　版：新雅文化事業有限公司
　　　　　香港英皇道 499 號北角工業大廈 18 樓
　　　　　電話：(852) 2138 7998
　　　　　傳真：(852) 2597 4003
　　　　　網址：http://www.sunya.com.hk
　　　　　電郵：marketing@sunya.com.hk
發　　行：香港聯合書刊物流有限公司
　　　　　香港荃灣德士古道 220-248 號荃灣工業中心 16 樓
　　　　　電話：(852) 2150 2100
　　　　　傳真：(852) 2407 3062
　　　　　電郵：info@suplogistics.com.hk
印　　刷：中華商務彩色印刷有限公司
　　　　　香港新界大埔汀麗路 36 號
版　　次：二〇一四年七月初版
　　　　　二〇二四年九月第十一次印刷
版權所有・不准翻印